KB140390

찰나의 위로가 긴 시간을 견디게 해준다

시에시집 009

찰나의 위로가
긴 시간을 견디게 해준다

2021 강 따라 글 따라 시 모임 제3집

공후남 김옥희 김용택 김인상

박양식 박희숙 유갑규 이은수

詩와에세이

머리말

올해는 코로나19 사회적 거리두기로 시 모임을 자주 갖지 못했다. 그럼에도 불구하고 2021 강 따라 글 따라 제3집 『찰나의 위로가 긴 시간을 견디게 해준다』를 펴낼 수 있어 기쁘다.

농촌에는 사람 구경하기가 쉽지 않다. 사람이 없으니 학교와 병원과 슈퍼가 문을 닫는다. 또 빈집이 흉물스럽게 늘어나고 있다. 그래도 전북 임실군 덕치면 섬진강가에는 본래 고향에 살던 사람과 귀농·귀촌한 사람들이 서로 오가며 시도 쓰면서 오순도순 살고 있다.

'강 따라 글 따라 시 모임'이 만들어지고 세 번째 시 모음집이 나오기까지 섬진강은 자연 그대로 생생하다. 여기 우리 농촌이 저 흐르는 강물처럼 생생하기를 바라는 마음을 시에 담아 세상에 내놓는다.

2021년 11월
강 따라 글 따라 시 모음 일동

차례__

김용택

김인상

강 따라 글 따라

공후남

1963년 전북 순창 출생.
2002년 임실군 덕치면 구담마을로 귀촌.

아버지의 손등

아버지는 올해 87세
딸네 집에 오실 때마다
한시도 쉬지 않고
마당 어딘가에 숨어 있는 풀까지 다 뽑아내는
아버지의 손을 만져보았다

젊고 고왔을 때가 있었을 아버지의 손
다섯 자식 키워내느라
마르고 닳았을 아버지의 손
지금 아버지의 손은 내 손보다 작아졌다

바싹 마른 아버지의 손등은
가을에 다 말라버린 나뭇잎 같다
바스락 소리가 날 것만 같은
아버지의 손을 만지며
내 마음속에서 바스락 소리가 들렸다

다행이다

요즘은
열정보다 걱정이 먼저 달려가는 나를 발견한다

긴 장마에 붉은 고추가 망가질까 걱정
새로 쌓은 축대가 무너질까 걱정
김장하려고 심은 무를 잘라먹는 벌레 때문에 걱정

다가오지도 않을 일에 조바심을 느끼고
걱정이 먼저 달려가고 있다

한때는
뒤돌아볼 겨를도 없이
열정이 달려갈 때도 있었다

지금은
앞서가는 걱정과
한때의 열정 사이에서
적당한 합의를 하고 있는 나를 발견한다

다행이다

인생은 60부터 아프다

오래된 툇마루의
마룻장을 바꾸기 위해
뜯어낸다

세월을 이기지 못하고
갈라지고 부서진 마룻장

삐걱거리는 소리가
내 몸 구석구석에서 들리는 소리와 닮았다

어느 날인가
딸이
엄마, 인생은 60부터라고 했다
나는 그랬다
인생은 60부터 아프다라고

그리고
말끔해진 마룻장을 보니

인생 60부터 새로운 시작이네,
그래

노란 은행나무의 선물

산 중턱엔
아주 오래된
은행나무 한 그루 서 있다

봄이면 화려한 산 벚꽃에 가려
여름이면 푸르른 소나무에 가려
그곳에
은행나무가 있음을 잊곤 한다

어느 날
고개 들어 산을 바라보면
노랗게 물든 은행나무가 서 있다
아, 가을,
노란 가을이 손을 흔들어주는 것 같다
아마
노란 잎이 몇 개 남을 때까지
나는 노란 가을을 느끼고 싶어 할 것이다

은행나무는

오랜 세월 그 자리에서

봄, 여름, 가을, 겨울

세월의 흐름과 우리의 오랜 추억들을 담고

또 다른 어느 날

노란 손짓으로 가을을 알려줄 것이다

하얀 눈꽃들이 춤을 추어요

앙상했던 나뭇가지는 하얀 옷을 입었어요

장독대엔 항아리가 하얀 모자를 깊게 눌러쓰고 있어요

푸른 소나무 가지는 하얀 옷을 반만 입고 있어요

강 건넛마을 언니네 하얀 지붕에서 하얀 연기가 피어
나요

작은 나뭇가지에 작은 새 한 마리가 앉았어요

고양이가 잔뜩 몸을 웅크리고 그 모습을 바라보아요

나도 숨을 잠시 멈추고 그 풍경을 바라보아요

작은 새가 날아가요

하얀 꽃들이 춤을 추며 날아가요

나도 참았던 숨을 함께 날려 보냈어요

하얀 세상이 아무 소리도 들려주지 않아요

지붕에 매달린 고드름만이

온통 하얀 세상을 깨우듯 툭툭 떨어뜨리며

소리를 내고 있어요

인생을 뜨는 여자

스무 해 즈음에
곱디곱던 내 손은
하얀 면사포와
반짝거리는
구슬을 꿰었고
어느 날 즈음엔
호미가 들려 있었고
예쁜 꽃을 가꾸었고
마당을 가꾸기도 하였지
어느 순간
거칠어진 내 손엔
까실까실한 수세미 실을 안고
뜨개질을 하고 있다
스무 해에 구슬을 꿸 때나
까실한 수세미를 뜰 때나
한 땀 한 땀
내 인생을 떠 가는 것과 같더라

나는 어디쯤에 있을까

이른 봄이 되면
풀숲을 헤치고
봄 향기 맡으며
쑥을 뜯어 봄을 먹는다
조금 자란 쑥을 뜯어
파란 쑥떡을 쫀득하게 먹는다
화단에 자리 잡은 쑥은
뿌리 하나 남기지 않겠다고
온 힘을 다해 땅속을 헤집는다
언덕에 자란 쑥은 봄 대접을 받고
화단에 난 쑥은 눈치를 받는다
그런 나는,
어디쯤에 자리를 잡고 살고 있는지
화단에 자리 잡은 쑥을 힘껏 뽑아내며
잠시 내 자리를 생각해본다
나는 어디쯤에 있을까?

섭섭하지 않은 거짓말

봄볕에 그을린 내 얼굴
여름 뙤약볕에 그을린 내 얼굴
봄꽃 화사하게 피어나고
아낙은 꽃 모자 눌러쓰고
늘 종종종 발걸음이 바쁘다
오랜만에 만난 인연들
잠시 모정에 앉아
지나간 세월 이야기도 나누고
타는 목 시원하게 물도 한잔 마신다
하루 일 마치고 들어온 남편에게
오늘 일을 털어놓는다
여보, 내가 그사이 많이 늙었다네요
아니, 자네는 나이보다 십 년은 젊어 보여
알면서도 섭섭하지 않은 거짓말이 싫지 않다

강 따라 글 따라

김옥희

1964년 전북 임실 출생.
2009년 임실군 덕치면 사곡리로 귀촌.

터미널 처마 밑 제비집

봄이면
강남 갔던 제비가
온다는 말도
잊고 있을 때
터미널 처마 밑에
둥지를 튼 제비 가족
버스 탈 때마다
짹짹짹 떠들어도
시끄럽지 않았다
계절이 지나고
새들이 떠나버린
빈 둥지를 올려다보며
나는 버스를 탄다

가을 인사

김장했소?
아니요 조금씩 얻어 먹어요
그려요 요즘에는 모다들
김치를 안 먹응게
젊을 때 나는 끼니마다
한 포기씩을 다 먹었소
뭐시든지 어찌나 맛난지
속이 꽉 찬 배추로
석 접, 넉 접 김장해서
여윈 딸네들 것까지 보내주고
독아지에다 꽉꽉 채워
시한에 먹었는디
지금은 40포기나
마당에 옮겨놔서 잘 되았는디
볼 때마다 심난혀
이제는 너무 힘드요
나도 인자 늙어버렸당께!
이웃 동네 할머니는

버스가 들어오니
이야기를 끝내신다
잘 들어가소

사망신고서

사망진단서 제출,
사망신고자 인적사항 제출,
주민등록증을 반납하면
이제 그는 없는 사람
아무 무게도 없는 사람
어느 사진 속이나
누구의 기억 속에서나
볼 수 있을까
세월이 또 흐르면
그 기억마저도 희미해지면
허공이 되어
사라진다
아무
흔적도 남지 않는다

그냥 그렇게

뉴스에
훈훈한 기사라고
감동이라고
울려 퍼진다
누가 누구를 도왔단다
어우러져 사는 세상에
당연해야 할
마음 씀씀이에
나도 눈시울이 젖는다
이게 이렇게나
감사해야 해?
그냥 그래야 하지
작은 선행은
아무렇지도 않게
누구나 하는 일로
그냥 그렇게
살자

소란

새벽에
마당이 시끄럽다
일찍 일어난
상사화들이
분홍 나팔을 분다
저마다
무슨 얘길 하는지
몸이
푸른 게 야위였다
바람에도
부러지지 않는다

실없는 기도

밤늦은 귀갓길
도로 멀리
창문 불빛들이 서럽다
오늘 같은 밤에는
엄마가
기다리고 계시면 좋겠다

그래도 힘들다

어느 날
냉장고가 생겨
매일 반찬을 안 하고
어느 날
정수기가 생겨
물 안 끓여 먹고
어느 날
건조기가 생겨
빨래를 널지 않는다
그래도 나는
항상 일이 많고
힘들다고 한다

어릴 적엔

버스표만 있으면
어디든지
못 갈 곳이 없었다
지금은
버스표만 있으면
아무 데도 못 간다

강 따라 글 따라

김용택

1948년 전북 임실 출생.
2008년 퇴직하고 고향에서 귀농·귀촌한 분들과
글쓰기를 하고 있다. 시집 『섬진강』 등.

긴 뫼

앞산도 길고
뒷산도 길고
산 따라
마을도 길다
산과 산 사이
앞강도 따라 길다
노루 꼬리같이
해 짧은 마을
긴 뫼가
진메 되었다

그늘이 환하게 웃던 날

느티나무 아래로
아버지의 손을 잡고 한 발 또 한 발 걸을 때
오래 밟은 흙이 발가락을 덮고,
나는 마른 흙 범벅이 된 지렁이를 보았네
아버지가 나를 내려다보았어
아가, 더 자랐구나
강 건너 나무들이 손을 뻗어 내 머리를 쓰다듬어주었어
느티나무 그늘아래 사람들이
모두 나를 보며 웃었어
저놈 봐!
저놈이 웃네
모든 오늘이 느티나무 아래로
모여들어 나를 보며
함께 환하게 웃었어
마주 웃어준 기억도 없이 가버린
좋은 시절, 우리 아버지
그래도 나는
그쪽으로 고개를 돌리면

그때 그 웃음이 나와
아버지를 올려다보며
지금도 웃어

첫 집

저녁연기 오르는
고요한 저녁나절
한수 형님네 집 뒤안 대숲에서
느닷없이 새 떼들 솟구친다
이런 니기미 암것도 모르는 것들아
육두문자가 뒤따라 솟구친다

배꽃

고추 거름 내다
앞산 중턱 지게 밑에 앉아 쉬며
강 건너 바라보면
혜신이네 집 마당에
배나무 배꽃 핀다
봄 물소리 지나가는 허기진 배
움켜쥐고
흰 배꽃이 피었다

비호

진석이 형님 할머니
호랑이가 업어다 주었다
순창 장에 갔다 날 저물어
우골 공동 산 고개 넘는데
어디선가 호랑이가 나타나더니
할머니 앞에
슬그머니 주저앉아 등 내밀길래
호랑이 등에 걸터앉았다
바람같이 내달려
집 앞에다 내려놓고
홀연히 사라졌다고 한다
눈 깜박할 사이였다

진짜다

호랑이 장가간 날

강변에 붉은 암소가 앉아 있다

소낙비가 지나갔다

왼쪽 잔등 털만 촉촉하게 젖었다

비 지나갈 때까지 소는 그 자리에 그대로 앉아 있다

강물이 맑은 환한 한낮이다

공동 우물

동네 가운데 헛샘 있었습니다

아무리 가물어도 물 마르지 않았습니다

세수도 하고, 걸레도 빨고, 미나리꽝과 텃논 물도 대고, 동네 불나면

그 샘물로 불도 껐습니다

그 샘 중심으로 위 곁, 아래 곁 편 나누어

줄다리기하고, 짚으로 만든 공차고, 씨름하고, 자치기 했습니다

공동으로 쓰다 보니, 늘 물 나가는 도랑이 막혀

실지렁이들이 사는 해치가 물길을 막았습니다

현철네 할머니, 막힌 도랑 치우며

급살을 맞을 년놈들, 어질어놓기만 하지

누구 하나 치우는 년놈들 없당게

아무나 치우면 되지, 손목댕이가 부러지나 어디가 덧나나

양 소매 걷어붙치고 맨손으로 후적후적 막힌 도랑 다 치웠습니다

그러다가 미꾸라지 나오면

한 마리 두 마리 잡다가 나중에는
샘을 품어 미꾸라지 잡았습니다
샘물 다 품어내면
엄지손가락만 한 누런 미꾸라지들이
물구멍 물을 따라 꾸역꾸역 꾸물꾸물 나왔습니다
구경꾼들 하나둘 모여들었습니다
샘가에 삥 둘러서서
여기도 한 마리 저기도 한 마리 가리키며 도왔습니다
미꾸라지 다 잡고 나면 새 물 넘쳐
도랑으로 시원하게 쑤욱 잘도 빠져나갔습니다
동네 사람들 속이 다 시원했습니다

강 따라 글 따라

김인상

1946년 전북 순창 출생.
1998년 임실군 덕치면 구담마을로 귀촌.

핑계

노을 따라가는 길에 강물마저 느릿느릿
바람 끝에 사위어가는 들꽃들이 가여워서
문득 주막집 앞에 서서 휴대폰을 꺼내 든다

오늘만은 맨정신으로 집에 오라 하였더니
가난한 정끼리 모여 빈속에 마신 한잔
알맞게 가난하니 거칠 것이 있겠는가

산골에 사는 정이 이만큼도 못하다면
가벼운 주머니에 행복을 어찌 채우려고
술 한잔에 흘러드는 강물 소리가 안주라면…

구담마을 당산 숲

가난한 어미들이
한을 토했던 한숨 소리
무거운 돌 재단 위에
지금도 쌓였는데
차디찬 강물 소리만
허리에 감기고

오색 금줄로 묶인 몸
풀어 내리고
정갈한 냉수 한 그릇
천길 벼랑 끝에서
구천에 잠이 든
삼신할미를 깨운다

겁의 세월
전설도 다가오는 기도 소리
어둠도 빛이 되는
신의 거처가 되어

별빛들을 조용히
불러들인다

집으로 가는 길

한 가닥 허망한 꿈으로 숨어버린 길을 따라
집으로 가는 발걸음이 천근이나 무겁더니
어두워서 더 밝아지는 길이 보였지요

그 길 따라 굽이굽이 흐르는 강물 소리
갈대숲에 이른 바람 속살로 끌어들여
맺혔던 가슴앓이 시나브로 풀어내고

가벼워진 세월들이 산자락을 타고 넘어
원도 한도 풀어내어 강물 위로 띄웠더니
길섶에 작은 풀꽃들이 참으로 이쁘네요

병문안

가물가물 저물어가는
세월 끝자락을 간신히 잡고
마지막 잔처럼 떨리는 손으로
숨 가쁜 시간들을 삭인다
싸르르 내려가는 인고의 쓰라림
지금 누가
누구를 문병하는가

말없이 꽃이 지고
등불을 다시 밝혀 아슬아슬 흔들리는 빛으로
이 밤이 지나면 어찌 견딜까
누워 있는 옆모습에서
짠 내가 풍겨오는
천지신명이여
지켜주소서

어느 영정사진

한 생을 살았던 이 세상
잘 살고 가셨습니까

그리도 모질게 살았던 이승
아무것도 모르면서
감히 짐작이나 했으리오만
꽃 속에 묻힌 얼굴에 원망 하나
혹시 늦게 후회한들 뭐하게요

한 생의 인연들이
바람결에 흩어질 뿐

정말로
산다는 것이 무어냐고 묻다 끝나는
이승의
남루한 탈춤

기다림

마당 가득 눈이 내려 길은 끊겼으나
먼 곳에서 들려오는
강물 소리
다시 방문을 연다

여보

새하얀 속치마
숨결처럼 수줍더니

숨기고 숨긴 속내를 감출 수가 없었던가
양미간이 희미한 원망 한 줄
내 잘못이 크구려

빈집

마당 끝 빈 평상에 가라앉은 적막들이
지워지지 않는 자국들로 남아
뜯겨나간 문살 한 칸에서
문풍지로 울어댄다

월파정

천 년 노송 가지 끝에
푸른 달빛 쏟아진다
하얀 물살
단청에 푸른빛으로 흩어져
가파른 여울목에서
무엇을 더 기다리는가
무심이다
망각이다

강 따라 글 따라

박양식

1961년 전북 순창 출생.
1999년 임실군 덕치면 장산리로 귀촌.

고백

그러다
좋은 시간 다 보내고
그렇지 않은 시간만 너에게 남는다면
그래도, 넌 괜찮겠니
그리워서 보고 싶은 이에게
이, 가을
감잎 붉게 물들어간 소리 하나쯤
살짝, 건네주는 수줍은 손이라도 되어보렴

외로움이 다른 이유

오늘은

그 청명함이 가을을 앞세워

나를 따르라 하네

느슨한 신발에 꿰어 맨 오후가 한가로워

옥정호, 물 가득한 작은 붕어섬에

나를 잠깐 내려놓고, 잠시 나를 놓아주었네

나를 떠난, 또 다른 나는 금세 단풍에 물들고

다시 나에게 돌아와

그, 단풍에 젖은 가을의 속살을 보여주었네

와락 그 가을이

내 품에 안기지 못해

술잔 밖 풍경처럼 취하지 못했네

하하, 이 어떤 가을인데

내 품에 안을 수 없었을까

해고

가끔 가는 밥집이 있다
들어가면 금세 물과 컵을 들고 주문을 받으며
그러신다
나는 이 집 건물주야
허면
밥집 사장님이 따님, 아니면 며느님
아니란다
몇 장을 지나 가보면
그 할머니가 보이질 않는다
사장님, 건물주님이 안 보이시네요
아! 하도 말이 많아서
그만두시라고 했어요

요양원 일기
—그 어렵던 날과의 손을 놓고

천체의 흐름을 반역하지 못한 계절을
황혼에 누워
일몰과 함께 순연히 지고
녹슨 몸 녹여 찬란한 다비로 지고 만 걸까

병원 길
손잡고 가던 얇은 피부가
내 손에 온기로 아직도 고여 있는데
차마, 지울 수 없는 연약한 손금의 자국이
이젠
기억으로 남아 숨을 고를까
꺾어진 허리, 골목 깊은 곳에서 내려놓고
훠이 훠이 날아서 가셨을까

늦가을

건조한 밥상 위
수저 하나
젓가락 한 짝
덩그러니 놓인 물잔 하나

그래서 반찬도 차라리 하나다

그 빈곤이 차려놓는 간결한 생 앞에
와락, 울컥도 하나다
오랜 술병에 담지 못한 이 가을도
혼자 숨어서 빈 들을 지나간다

용서

낙엽 하나의 무게를 짊어지고 가는 가을아
이젠
굽은 상처에 떨어진
참빗나무 선홍빛 그물에 걸린
아름다운 단풍에 고개 숙여도 좋은 날이다
꺾어진 외진 길에
한 그루 은행나무가 노랗게 물들어간
그, 찬연의 절정에 손 내밀어도 좋은 날이다
스스로 떠도는 방랑의 습성에 젖은
이, 가을에는
그렇게 해도 무방할 것이다
지는 너를 바라보는 것도
순연이기 때문이다

강 따라 글 따라

박희숙

1952년 전북 김제 출생.
2016년 임실군 덕치면 장암리로 귀농.

항상 그 자리에 머물다

그대가 좋아 그 자리에
머물고 싶다
변하지 않아 지루하지만

빛난 그 자리
닦고 닦아놓은 그 자리에
앉고 싶어
그냥 그 자리에 머문다
편한 그 자리
동그라미에 단어들을
채우고 그 뜻 담아
눈물 뿌린다
좋은 것들 놓고
좋은 것들 보고
좋은 것과 웃으며
그냥 그 자리에 머문다
그 자리가 좋아서

요술쟁이 컴퓨터를 부팅하다

네모박스 안에
열려 있는 넓은 세상,
좋은 마음속엔,
멋진 세상 열리고
나쁜 마음속엔,
헛된 세상 열린다
지식정보, 생활정보,
유용한 정보들이
숨어 활동하고 있어
다양한 삶을 추구한다
조금씩
알아보는 재미
무뎌진 두뇌 작용이
생활의 활력을 준다
듣고 싶은 음악,
만들고 싶은 영상,
공유할 수 있는
정보들이

노년의 세상에
다른 의미를 부여한다
입력된 정보만이
존재하는
컴퓨터 세상이지만,
또 다른 세상을
터득하리라

얼굴과 마음

마음과 마음 사이
얇고 깊은 관계
스치는 얼굴만 대하면
심중을 알 수 없어
마음과 마음 가까이 다가가 봅니다

밝은 웃음은 마음을 환하게
비춰주고
따뜻한 마음은 황홀한 구름 되어
서로를 적셔줍니다

얼굴과 마음은 연인
웃음꽃 마음 꽃
그저 좋지요

봄비

사락사락 내리는 봄비는
임의 소리인가요
잔잔한 풀잎에 입 맞추고
살짝 고개 숙여요
가만가만 숨죽이며
비가
온종일 내려앉네요

이삭을 나누다

이상기온의 냉해가 심상치 않다
자연의 재앙 앞에
만물은 잠이 들고,
바이러스에 진통하는 인류의
통곡 소리가 메아리친다
어둠의 그림자가 가릴 때
한줄기 생명의 빛이 반짝인다

내게 가져
나눌 수 있는 것이 있다면,
'우리는' 살리라

보잘것없는 과실들이
이웃의 사랑이 되어
위로의 선물이 된다면 얼마나 좋을까!

작은 열매,
흠과(비매품) 들은

소비자의 구미를 당기는 듯
순식간에 팔려나갔다
어렵고 힘든 코로나19
속에서도
풍족한 나눔을 할 수 있었다
거래에 만족하는 소비자들은,
서슴없이 단골고객이 되어 주었다
정직한 생산,
적정선 가격,
고객 만족 서비스는
마음을 움직였다
손실 없는 올해의
복숭아 판매 만족도는
만점이다
누구나 해낼 수 없는 일을
우리는 해냈다

만남은

색다른 크레파스

하얀색 그리려다
하늘색 그렸네

빨간색
노란색
보라색
가지가지인데

우리의 삶도
크레파스 닮았지

여러 가지 예쁜 색
혼합하지만
원하는 색깔 미미해

인생의 무지개에

조용히 누워 봅니다

어찌 알랴

내 마음 빈 곳을
어찌 알랴

내 생각 깊은 곳을
어찌 알랴

내 발길 더딘 것을
어찌 알랴

속 타는 저녁놀

무심히
비출 뿐

저 높은 산과

저 넓은 바다
저 파란 하늘

견줄 수 없는 지평선

너는 아는가
나도 모르는

보이지 않는
깊이의 마음속을

번개 여행

딸과 아들이
예약해놓은 프로그램대로
고고씽!
금오도 섬을 향하여 출발했다
배에 차를 태우고
안도에 도착했다
이제는 섬도 도시 못지않은
문화시설이 되어
작은 섬들이 다리로
서로 이어져
외로운 섬이 아니었다
자연산 회로 배를 채우고
금오도 비렁길 등반에 올랐다
갯벌 냄새가 바다에 왔음을 알게 한다
에메랄드빛 출렁이는
남해 앞바다
망망대해를 바라보며
시원한 바람이 가슴을 열었다

바다와 하늘이 맞닿은

먼 바닷길에

이름 모를 새가 날고

2.5km 비렁길 따라

그늘 길 나뭇잎 사이로

바닷바람이 이마를 스친다

바닷가 고기 잡는 나룻배가

한가로이

쉬고 있었다

15,000보를 걸었다

그동안 못했던

운동으로 흡족했다

여수수산시장에는

여기저기

수산물들이 즐비하게

진열되어

문어, 말린 서대, 미역을 사려 하니

새끼들이 서로 사주겠다고 카드를 내밀었다

어디를 가든 공짜다
꽃게탕 게장으로
맛있게
저녁을 먹고
농장을 향해 출발했다
서쪽 노을은
아름다운 한 폭의 그림으로
축복하듯
아름답다
어떤 화가의 솜씨보다 뛰어난
자연의 솜씨다

아!
즐겁고 흡족한 하루의 여행을 마쳤다
"종종 이런 기회를 만들어야겠구나"

강 따라 글 따라

유갑규

1954년 전북 김제 출생.
2016년 임실군 덕치면 장암리로 귀농.

지각 인생을 산다

밥상을 차리다 말고
채전밭에 달려가
풋고추 몇 개 따왔습니다
밥을 퍼 놓고
상추 한 움큼 뜯어 왔습니다
오늘 하루
배고픈 지각 인생을
살았습니다

끝물

치열했던 전투가
끝난 자리에
분홍색 보석들이 남았다
잘난 놈들은
이미
각자의 주인을 따라
제 갈 길로 가고
논공행상 마저
끝나버린 지금
저 못생긴 끝물에
어설픈 여유가
묻어왔다
수많은 군상들
행여 서운한 구석은
없었던가
저 끝물 고추의 주인만
아직 정해지지 않았다

하루의 초대

아직 여명도 빠릅니다
창밖에 어둠이 가득합니다
몸이 일어나기를 망설이고 있을 때
영혼을 깨우는 자명종 소리
꿈결 마냥 들려옵니다

열린 창문 틈새로
이름 모를 새가 울고
새벽닭이 연달아 울고 나면
영혼이 먼저 맑아 옵니다

일어나 앉아
알찬 하루가 되기를
기도합니다

요즘 농부

농부는 과학자랍니다
농사는 과학이니까요

농부는 심리학자랍니다
소비자의 마음을 알아야 하니까요

농부는 경영학자랍니다
늘 가계부를 책임져야 하니까요

농부는 운동선수가 되어야 합니다
몸이 튼튼해야 하니까요

농부는 미래학자랍니다
늘 새로운 미래를 꿈꾸어야 하니까요

농부는 어린아이가 되어야 합니다
심성이 고와야 하니까요

농부는 자선사업가랍니다
남는 건 아낌없이 나누어 주어야 하니까요

그래서 농부는
항상 즐겁고 부지런한 삶을 삽니다

무지개를 닮았다

친구는 무지개를 닮았다
어떤 사람들은
무지개가 무엇에 필요한지
묻는다
대답할 말이 없다
다만
친구도
어디에 필요한지
묻지 않았으면 좋겠다

나를 부르는 노래

갑규야!
누가 감히 내 이름을
이렇게 불러줄까
요즘 내 카톡에 뜨는 문자
갑규야!
부르며 사연도 많다
한 갑년 저편으로
되돌린 세월
내 소꿉친구 용관이가
나를 부르는 소리
개성배 책보 속에
딸각거리는 필통 소리
들릴 것 같다

우리 집엔 뱀이 산다

우리 집에는 뱀이 산다
누구의 허락도 없이
뱀이 산다
엄청 큰 누룩뱀이다
하우스 창고를 제 집처럼
들랑거린다
저지할 힘이
없는 건 아니지만
그냥 함께 산다
뱀이 살고부터
창고에는 사료포대를
그냥 두어도
쥐구멍이 없다
누가 들으면
놀라 자빠질 일이지만
그래도 나는
떳떳하기만 하다
공생이 죄라면

심판대에라도 서겠다

강 따라 글 따라

이은수

1971년 경기도 용인 출생.
2008년 임실군 덕치면 천담마을로 귀촌.

이장님 말씀

마을 앞
모정 지날 때
어르신들 앉아 계시면
쌩하니 그냥 가지 말고
차에 있는 음료수라도 드리면서
인사하고 갔으면 좋겠어
창문만 빼꼼 내려 아는 체하지 말고
내려서
그까짓 거
몇 분 안 걸려
나는
은수 씨가
그런 사람이면 좋겠어

네

막걸리 한잔에도 대의명분이 있다

아따
돈도 안 되는 일에
뭔 신발을 신고 나가
얼씨구
자네는
돈만 주면 뭐든 다하는
쌔알빠진 인간인가
사람이 명분이 있으면
힘을 쓸 줄도 알아야지
대의명분 모르는가
오늘은 로타리 그만 치고
막걸리나 한잔 하자고
그 친구 요양원 가고
벌써
일 년 지나지 않았는가

서러운 싸움꾼

마을회관
참견쟁이
싸움꾼 할머니
커피믹스 몇 잔 마신 것까지
따지고
구박하고
그러고 우신다
할아버지 돌아가시고
동네 사람들이
다 자기를 무시한다고
바깥양반 없어도
여봐란듯이
논에 피 하나 없이
콩밭에 잡풀도 싹 뽑고
다리 뻗고 자본 적이 없다고
훌쩍훌쩍 우신다

멀리 있어도

태양에서
지구까지
햇빛이 오는 데 걸리는 시간

8분 20초
그 거리를 가늠할 수가 없다

할머니가 밭이랑 속에서
고추를 딴다
지금은
8월 21일
새벽부터
오후 4시가 넘어가고
먼 데서 온 빛이 이다지도 뜨거운데
여든세 해를 살았다는 그이는
검은 땀을 흘리며
몸보다 큰 고추 자루를 나른다

해가 빨리 져야 할 텐데

멀리 있어도
뜨거울 수 있는 마음이
버거운
8월의 지구에서

시를 읽거나 쓰는 이유

우리 모두는
항상
좋은 사람이거나
나쁜 사람이거나
착한 사람은 아니다
그리고
시를 읽는다
어쩌다가 시를 쓰기도 한다
시인은 아니다
부끄러움은 알고
다른 사람들의 속마음도 알기 때문이다
다만
좀 더 따뜻한 마음을 가지라고
아파도
별 볼 일 없는 것 같아도
모두 다 항상
의미 있는 순간들이었음을
시가 건네준

찰나의 위로가

긴 시간을 견디게 해준다

당분간은 아무것도 하고 싶지 않아요

당분간은 아무것도 하고 싶지 않아요
나무처럼
한곳에서
모든 걸 묵묵히 받아들이는 건
이파리를 다 떨구는 건
살기 위한
나무의 비명을 못 듣는 거 아닐까요

하루종일
풀만 매고 있는 할머니를 보면
진지하고 경건한 의식처럼
기쁨인가요
제물이 되고 있는 건가요

심장도 천천히 뛰고
나뭇잎도 흔들리지 말았으면
그런 다음에
가을이 오면

다정하게 웃어줘요

송광사 불일암

오랜만에 본
흙마당을 곱게 쓸어모은
빗자루 자국
스님이 생전에 사랑했다는
후박나무 아래에서
빗질 자국을 꾹꾹 밟으며
우린 사진도 찍고
불일암 나무 유리문이
이쁘다고
쓰다듬었다
후박나무 아래에
스님이 묻혀 있대
절집 아랫마당
파초가 추는 연두색 바라춤에
행자 스님이 내어준 찻잔이
일렁인다
무얼 소원하지
죽은 자가 되는 것이

계절이 바뀌는 것 같은
영원한 사랑 같은 건 없다 해도
아무렇지 않은 사람이 되고
어디선가 뿌리 깊은
나의 후박나무가 자라나고 있는

벗어날 수 없는

밤새
거미줄에
촘촘히 내린
이슬방울
아침 햇살에
빛나는 눈물
울어야만
여기 있는 줄 알아주는
아름답고
조금은
쓸쓸한
거미줄에
이파리 하나가 걸려
하루종일 춤을 춘다

찰나의 위로가 긴 시간을 견디게 해준다

2021년 12월 20일 초판 1쇄 펴냄

지은이 _ 강 따라 글 따라 시 모임
펴낸이 _ 양문규
펴낸곳 _ 詩와에세이

신고번호 _ 제2017-000025호
주   소 _ (30021)세종특별자치시 조치원읍 충현로 159,
                상가동 107-1호
대표전화 _ (044)863-7652
팩시밀리 _ 0505-116-7653
휴대전화 _ 010-5355-7565
전자우편 _ sie2005@naver.com
공 급 처 _ 한국출판협동조합
주문전화 _ (02)716-5616
팩시밀리 _ (031)944-8234~6